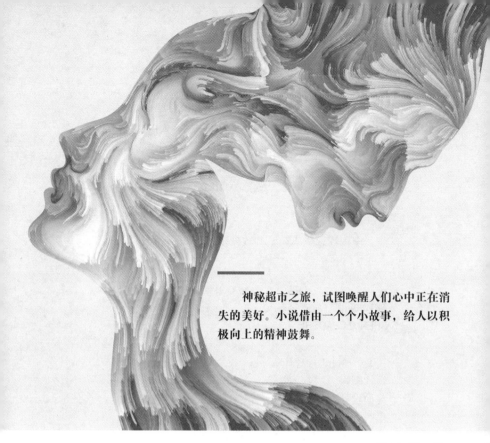

神秘超市之旅，试图唤醒人们心中正在消失的美好。小说借由一个个小故事，给人以积极向上的精神鼓舞。

孙诗洋/著

神秘超市

陕西新华出版

太白文艺出版社·西安

图书在版编目（CIP）数据

神秘超市 / 孙诗洋著. -- 西安 ： 太白文艺出版社，
2023.6
　ISBN 978-7-5513-2420-5

　Ⅰ. ①神… Ⅱ. ①孙… Ⅲ. ①中篇小说－中国－当代
Ⅳ. ① I247.7

中国国家版本馆 CIP 数据核字 (2023) 第 113226 号

神秘超市
SHENMI CHAOSHI

作　　者	孙诗洋	
责任编辑	白　静	
封面设计	百悦兰裳	
出版发行	太白文艺出版社	
经　　销	新华书店	
印　　刷	朗翔印刷（天津）有限公司	
开　　本	880mm×1230mm　1/32	
字　　数	70 千字	
印　　张	5.75	
版　　次	2023 年 6 月第 1 版	
印　　次	2023 年 6 月第 1 次印刷	
书　　号	ISBN 978-7-5513-2420-5	
定　　价	58.00 元	

想象力是一个孩子最宝贵的财富，诗洋同学通过巧妙的构思，细致的人物刻画，将人带入一个奇妙的世界，跟随他体验少年不同的心思。

崔宇

崔宇：著名教育专家，全国养成教育总课题组副组长，家庭教育专家组组长，中国教育内涵改革整体解决方案专家组首席专家，中国关心下一代工作委员会专家委员会特聘研究员。

孙诗洋

　　孙诗洋，中国网络作家协会会员，吉林省青少年作家协会会员，长春市科普作家协会会员，吉林省青少年作家协会首批小作家培养计划学员。

内容
简介

　　本书讲述了一个很神秘的超市，老板名叫德古拉，他的超市能满足不同人的各种欲望需求。

　　不论面对好人还是坏人，德古拉都能通过他独有的方式让人们的欲望得到满足，从而引出一个个有趣的故事。到最后，与超市老板有过交集的人都奔向了充满阳光的生活。

序言

每一个文字不是孤独的星火

浙江外国语学院副教授、学者赵霞曾言："所有与'儿童'有关的事情，都容易带上某种'减半'的便宜感。'儿童'的'文学'是真正的文学吗？"

　　我的答案是肯定的。因为许多青少年作家通过他们的优秀作品不断争取和证明了自身独特的价值与尊严，他们也在用文字治愈着现当代儿童的集体焦虑。

　　《神秘超市》这部出自青少年作家笔下的作品也再次证明，儿童写的作品是经得起文学标准的严肃考量和审视的。

　　在这部作品中，小作家孙诗洋以独特的视角去观察和反映生活，淋漓尽致地展示了人物的不同侧面，塑造

了劳伦、象巴特、德古拉等人物形象。

在作品中，小作家挑战了具有一定难度的想象叙事，探索了欲望与生存之间的复杂关系，进而勾勒出当代社会的众生相。

很难得的是，小说中的人物塑造各具特色，每个人物之间都有一定的联系，这些联系丰富着小说中的生活细节。但每个人的命运都有着不可捉摸的变故。

客观来说，这是一部有着强烈艺术风格的小说，作品在结构上采取了后现代式的麻花结构。这种麻花结构将多重主题分散开来，使作者的表达更加隐晦复杂，每个支线情节也颇具看点。曲折离奇的故事背后，是作者对生活向善的思考，这也构成了隐在的结构和叙事的推动力。

小说用一个"神秘超市"做媒介，以纯熟细腻的笔触，描绘一个个人物被遮蔽的生活，记录他们独特的情感波动和心理的微妙变化，放大他们挣脱自身的纠结与软弱的心理变化，试图唤醒人物心中正在消失的美好。

小说中的人物有时陷入绝境，却也在绝境中获得了全新的认知、升华。相信每个读者读罢此书，也能在心灵上实现一次救赎。

虽然这是一部小说，但是每个人物又活色生香，他们在烟火人间中，具体得可以触摸到。多维度的表达明晰周密，却又互相渗透，充分展现了小作家的想象力。

"培养孩子纯正的文学趣味，从校园出发。"这是诗人金波说的。社会各界确实应该多关注青少年作家的培养、扶持工作，我们的努力就是让每一个小作家知道，他的文字不是孤独的星火，而是有传承意义的火炬。

中国作家协会主席铁凝说过："有文字，定有文学的未来。"

文学的未来属于青少年一代！

对于这一点，我们不应该怀疑。

也希望更多的读者能关注此书，与书为友。有人说过，一叠白纸，只有在上面安放了文字，白纸才有了生命。热爱阅读的人也有了无限广阔的世界。

薛立永

（作家，吉林省青少年作家协会副会长）

目录

主要人物架构

超市老板 德古拉

没有人知道他是哪里人，多大年龄，怎么进货的等，给人一种神秘感！

小偷1 象巴特

（惯犯）右嘴角有疤痕，右手习惯插在衣兜里

小偷2 劳伦

未成年人

商人 史巴达

特别有钱，慈善的商人

学生 韦斯特

史巴达的儿子

青年画家 奥拉蒂尼

云游世界的自由画家

乞丐 费格南

失忆的乞丐

第一章

浪子的改变

（一）

"嗨，伙计，我们不如去那个奇怪的超市里面看一看吧。"

提议的是象巴特，说话的时候，他的右手始终插在衣兜里。右嘴角因为打架，留下了一道不大不小的伤疤，说话的时候那道伤疤就特别明显。

"为什么去那个超市？"

说话的是劳伦，他是一个瘦瘦的高个儿，脸很白，手指细长细长的，光看手还以为是专业弹钢琴的呢。

"劳伦，你看那家超市，里面肯定有很多好东西。这次就让我们捞一票大的，都苦了这么多日子了。"象巴特狠狠地说道。

"好。"

两人一拍即合，随后朝着那栋房子走去。

超市位于小海岛的海边，正门所处的地势有些偏低，它的前面是三条巷道交会处。

这是一座独栋的复式商住一体的小楼，主楼三层，木质结构，用的材料都是厚厚的很有年份的木板，光看木纹的年轮，至少都有上百年了。

现在很少能看到这种质地的木头了，不知道店老板从哪里搞来这么多高级的木料。

主楼建有大大的三角坡度的屋脊，中间还有一扇突出的拱形窗户。左右两侧有两扇高高的拱形落地大玻璃窗，整个结构做工特别细致、考究，看起来有一种特别的建筑艺术美感。

房子外形也说不上是什么建筑风格，远远看去，给人一种历史的沧桑感和神秘感。

主楼一侧还建有一个标志性的尖顶的塔楼，塔楼的顶部外围还有围栏，站在塔楼顶部就可以观看到整个小镇的景观。

人站在这里就好似站在了灯塔上，看到的一切特别壮观。

小楼门口有两棵粗壮的大树，大树长得苍劲而有气势。旁边还随意零散地堆放着几个木箱子，楼后面是一处休闲广场。

这座小楼的一楼是超市，东西都装在盒子里面，一个一个地整齐排列。

二楼是店老板的私人生活空间。

三楼从不对外开放，从来没见有人上去过。

镇上的人也从没见三楼亮过灯，让人感到很神秘。

超市的老板叫德古拉。

镇上没有人知道他从哪里来，也不知道他多大年龄。

他整天戴着一副墨镜，从没摘下来过，也从没有人

见过他的眼睛。只有眼角处三五条很深的皱纹，让人感觉他经历很多，是一个有故事的人。

德古拉头上总是戴着一顶残了边的毡帽，身上套着一个布满小兜的粗布围裙，后面还系着一个彩虹小尾巴。

他整天嘴里叼着一个烟斗，人们感觉除了吃饭喝东西他不叼着烟斗，其他时间总是烟斗不离口，生怕它丢了似的。

已是凌晨一点多。

街边的路灯零星地亮着，两侧楼房内的灯都已经熄灭，只有超市门口还亮着灯。

街道边一个垃圾桶旁，一只大花猫正用爪子奋力地翻着东西，看样子是在找吃的。

路灯透过树叶之间的缝隙照射在地面上，犹如一粒粒的碎银子。静谧的夜晚，鸟儿都已归巢。

（二）

象巴特和劳伦两人沿着一条平缓的坡道小心地走着。

他们害怕被镇上的人看见。

还好，此时街上看不到人影。

劳伦的个子高，步子迈得很大，走在象巴特的前面。

来到超市门前，他们抬头看见超市门口上方有一块不显眼的木牌，上面写着：神秘超市。

劳伦挠了挠头，左右看了看，小心翼翼地推开门走了进去。

一进屋，他们便闻到了屋里弥漫着的淡淡的烟草

味道。

懂得烟草的人知道这是一种很高级的烟草，是纯手工制作的上等烟丝，搭配着一种特殊材料制作的高级烟斗才能散发出这种独有的味道。

两人走进屋里。

只见一个戴着残了边的毡帽的人，鼻梁上还架着一副墨镜，身体斜躺在入口左侧的摇椅上。

他嘴里叼着一个烟斗。

那烟斗一看就是高级货，应该出自名家之手，淡淡地冒着烟。他躺在那里闭着眼睛，仿佛睡着了。

象巴特和劳伦不知道这个人到底睡没睡着，没敢轻举妄动。

屋里还播放着悠扬舒缓的不知叫什么名字的音乐，令人愉悦放松。

象巴特和劳伦紧张的情绪也稍微舒缓了一些。

他俩刚一进店，店老板德古拉便瞧出这两个人来这

里一定是不怀好意，就装作睡着了没有动。

此时屋里都是黑的，只有象巴特和劳伦所站的地方有微弱的亮光。

屋里放的什么东西，货架上摆的什么物品，他们也看不见。

劳伦趴在象巴特耳边小声说道："老大，这里怎么感觉这么神秘？货架上什么东西都看不到，咱们这一趟算是白来了。"

"别急呀，看我的，好戏还没开始。我从来就没有空手而归的时候。"象巴特得意地小声说。

"两位先生需要买些什么？"

一个富有磁性的低沉的声音，突然在他们耳边冒了出来。

（三）

劳伦被这个突如其来的声音吓了一跳，身边明明没有人呀，怎么感觉有人在我耳边说话？

一看店老板还在那儿躺着，嘴上的烟斗还飘着若有若无的烟。

经验丰富的象巴特显得镇定多了。

劳伦拽了拽象巴特的衣角说："老大，我总感觉这里情况不太妙，咱们还是小心为好。"

"怕什么？只要我在，就不会失手。"象巴特自信地说道。

劳伦向一旁挪了一小步，好像踩到了一个软绵绵的东西。

"不要乱碰店里的东西哦！黑灯瞎火的，我确保不了你们的人身安全。"

这时，德古拉的声音再次响起。

"这么黑，为什么不开灯？"

象巴特没好气地问道。

突然，一束强光射下来，劳伦吓得一下子抱住了象巴特。

"小伙子，别害怕，那是我的智能感应灯。不好意思，两位先生，这么晚了，没有顾客的时候，智能感应灯会自动熄灭。"德古拉说。

"哦，原来是这样。"劳伦这下松了口气，"有喝的吗？老头儿，我们走了很远的路，又累又渴，最好给我来一瓶黑啤。"

"对，我就喜欢黑啤浓厚的味道。"象巴特说。

只见德古拉手一晃，一瓶黑啤就出现在他的手里，也不知道他是怎么做到的。

象巴特看来是真的渴了，他接过来直接用牙咬开瓶盖，嘴对瓶口咕咚咕咚地喝了起来，一会儿，一瓶黑啤就见底了，他还意犹未尽地吧嗒着嘴。

看着象巴特畅饮后很满足的样子，一旁的劳伦也说道："我也要喝，给我也来一瓶一样的。"

德古拉手一晃，像变戏法一样，一瓶酒又出现在他手里，他顺势递给了劳伦。

劳伦十分费力地打开瓶盖，猛灌了几口。

黑啤的泡沫顺着他的嘴角冒了出来，独特的苦涩味道在他的口腔中弥漫开来。

"什么破啤酒，怎么这么苦？这也太难喝了。"

"不会喝酒还学我喝酒。"一旁的象巴特嘴角上扬，不屑地说。

劳伦没好气地说道："早知道就不学你了。"

"那你为什么学我呢？"象巴特说。

"看你喝得那么过瘾，我也想尝尝是什么味道。"

"老头儿，给我来一瓶饮料。"劳伦不情愿地说。

劳伦话刚说完，一瓶饮料便出现在德古拉手里，他又递到劳伦面前。

劳伦看向德古拉的眼睛一亮，想说什么，但没说出来，就急不可耐地对着饮料瓶口喝了起来，看来真是渴得嗓子冒烟儿了。

"瞧你那点儿出息，连酒都不会喝，还想跟我学本领？"象巴特又勾起他那带着伤疤的右嘴角，摆出一副高高在上的样子。

德古拉还是一脸平静，没有任何表情。

他看得出劳伦的年纪不大，没什么阅历，不像是偷东西的惯犯。

"喂，老头儿，你这店里都卖什么东西？"象巴特不怀好意地问。

"我这里叫'神秘超市'，只要你想要的，这里都能满足你，但要根据你愿望实现的难度收费。"

"这么厉害，还有这种超市，我才不相信你的鬼话，你要是敢欺骗我，有你的好果子吃。"象巴特嘴上虽然是这么说，但还是被德古拉说得有些心动了。又说，"那让我试试你有没有这个能力。"

"老头儿，我的愿望就是实现隐身。你这里有没有让我隐身的东西，就是让别人看不到我的那种，你能帮我做到吗？"

"嘿！正巧，年轻人，让你问着了。我这里刚进了一种神奇药水，只要喷在人的身上，任何人都看不到你，而且是三十分钟内有效哦。"德古拉说道。

"这药水真这么神奇，真有这种东西？"劳伦不相信地问。

"小伙子，你要是不相信的话，可以亲自试一试，但是这个神奇药水对未成年人无效哟！"德古拉说道。

"老大，这怎么办？这药水我用不了啊，对我不起作用，只能你亲自试试了。"

象巴特胸脯一挺，走上前说道："我来。但是，老头儿，我可告诉你，你要胆敢欺骗我，知道会有什么后果吧。"他威胁道。

只见德古拉的手向空中一抓，手里就出现了一个很精致的白色小瓶。

他对准象巴特喷了一下，只见一道白光闪过，象巴特瞬间在眼前消失了。

劳伦着急地喊道："老大，老大，你在哪儿？我怎么看不到你了，你真的隐身了？"

"傻小子，别担心，他只是暂时隐身，还需要再等几秒，隐形药水才能与他合二为一，才能达到隐身的最佳效果。"

这时，隐了身的象巴特想捉弄劳伦，偷偷地拍了一下劳伦的肩膀，吓得劳伦直接坐到了地上，惊出了一身冷汗。

（四）

象巴特想给劳伦的脸部做一个"按摩"。可没承想劳伦胆子太小，因过度紧张，双手一抢，打中了象巴特的鼻子，只听一声："痛死我了！"

此时地上多出了两滴红色的液体。

"你这胆小鬼，是我，你老大！"

劳伦听见是老大象巴特的声音，一下子缓过神来。

"老大，你真的隐身了？"

正当他俩闹的时候，德古拉趁机把写有两人名字的小字条贴在药瓶的底部，用大拇指轻轻一抹，字条上的字迹就全不见了。

其实德古拉的药水，现在才开始真正发挥作用。

只要在药瓶底部贴上写有两人名字的小字条，他们使用该药水后，身上会散发出一股怪怪的味道，让人一闻到就想远离他们。同时，外人会看到他们所在的位置有微弱的光。

这些动作德古拉都是瞬间完成的。

当德古拉微微一侧头时，他的墨镜上闪过一道亮光，只见他嘴角露出了恶作剧般的笑容。

"老头儿，你还真有两下子的，我们先出去试试，看看你这东西好不好用，回头再给你送钱。"

象巴特边说边拉着劳伦抬脚就往外走。

"那就不远送了，随时恭候二位。"

当他俩走出店里一段距离后，劳伦奉承地夸赞象巴特："老大，你可真让我大开眼界，拿了人家东西不给钱不说，感觉人家好像还亏欠了你似的。"

"我的做事原则就是能偷来的东西绝不花钱买，偷不来的东西绝对不买，坑蒙拐骗也要弄到手，反正不花

钱就是了。"

两人说着话扬长而去……

（五）

第二天中午，象巴特和劳伦来到镇上最繁华的蹦斯克大街，寻找他们要下手的目标。

街道上的人特别多，有各类商贩的叫卖声，大人、小孩来来回回地走动，好不热闹。

此时，象巴特很远就瞄上了一个手腕上戴着镶满钻石的金表的人。

这个人嘴里叼着一根高级雪茄，鼻子上架了一副金框眼镜，脚上穿着大头皮鞋，身着一套名牌西装，最显眼的是这个人梳着"地中海"式的发型。

他是镇里的一名叫史巴达的商人。

象巴特以他专业的眼光，觉得目标人物肯定是一个

暴发户。他捅了捅身边的劳伦说："跟上他。"

随即，象巴特和劳伦尾随史巴达，跟了整整一下午。

史巴达每到一个店铺都要进去和人寒暄一段时间。

直到晚上九点多，史巴达才回到他的住处。

他住在镇上一处偏僻的地方，住处是一栋二层小楼，院子里有草坪。

史巴达走进一楼客厅，把衣服脱下后，顺势就把沉甸甸的手表放在了靠窗边的桌子上。屋里就他一个人。

此时，象巴特喷上隐形药水后跳进了院子，躲在窗户下面。

劳伦在院子外面放风。

象巴特靠近史巴达，他身上散发出一股难闻的怪味。

可象巴特对这一切毫不知情。

史巴达闻到来自象巴特身上难闻的味道，还以为是

自己今天路走多了，脱下鞋子一闻，确实脚很臭。随即他倒了一盆热水，开始舒服地泡起了脚。

这时象巴特趴在窗外，眼睛直直地盯着那块钻石金表。

他伸手够不着，正巧发现窗下有一根木棍，他拿了起来，准备把金表挑出来。

当他把木棍伸进窗户一半时，史巴达一侧头看到了半截木棍，本来他就高度近视，以为自己看花了眼，他揉了揉眼睛。

象巴特这才意识到，隐形药水只能隐身他自己，其他的东西隐身不了。

他赶紧把棍子抽了回来，躲在窗户下不敢吱声。

此刻，劳伦不停地向象巴特招手，示意他赶紧撤，有人朝这边走来了。

象巴特和劳伦赶紧逃了出来……

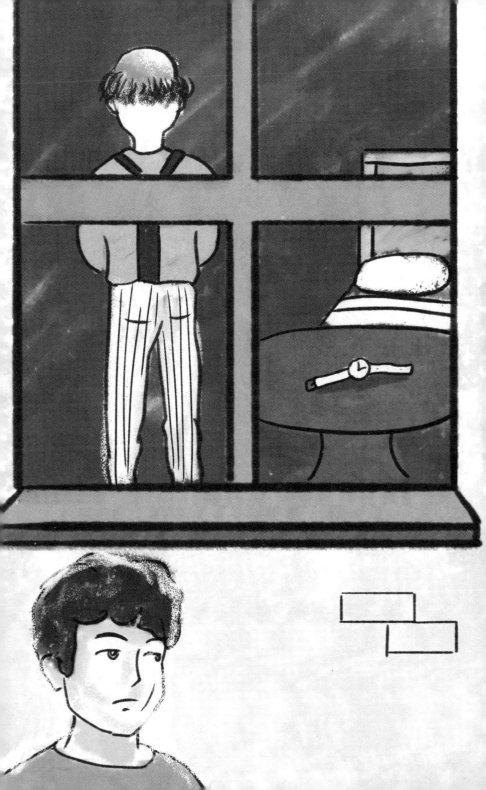

（六）

"喂，老头儿，你给我们的东西是假货吧！"

走进超市，劳伦便大声嚷道。

"我们拿东西的时候差点就被人发现了，害得我差点就被……"

象巴特赶紧用手捂住了劳伦的嘴。

"你们不会是去偷别人的东西了吧？"

"不，我们只是想做个恶作剧。我当时手里拿了件东西，但手里的东西没有隐形啊，我差点就被发现了。当初你怎么没告诉我，我身体以外的东西是能被人发现的？你可害苦我了。"

"嘿嘿，是这么回事啊？当时你着急拿走，也没有详细问我药水的使用方法，到现在钱还没给我呢！"

"哼，我还没找你算账呢，你还敢找我要钱？今天要是被他们发现了，我都不知道能不能活着来见你，你说你怎么补偿我的损失吧！"象巴特没好气地说。

德古拉知道他们还会回来找他的，早已有所准备，只见他又拿出一瓶东西和一张特制的纸条。

"这叫'预知眼药水'，在你遇到紧急情况或迷茫的时候，只要在眼睛上滴上一滴，就能看到这张纸条上面的内容。纸条上面会显示文字，按照上面的指示做，做什么事都可以成功。"

"有这种好东西为什么不早点拿出来给我？害得我遭了这么大的罪，跑了这么远的路，两条腿都快跑断了。"

象巴特急不可待地走上前去，一把夺走德古拉手里的眼药水瓶。

德古拉无奈地摇了摇头，一副欲言又止的样子。

　　"老头儿，这眼药水就算你给我们的补偿。我们出去试试就知道你这东西到底是好是坏了。"

　　象巴特说完，拉着劳伦夺门而出。

　　"臭小子，再让你们吃些苦头，你们才能改邪归正。"德古拉自言自语道。

（七）

拿到预知眼药水后，象巴特和劳伦又迫不及待地来到了史巴达家院外。

象巴特有了上次的经验，这次手里什么都没有拿。

他看到史巴达家仅有一楼的一个房间亮着灯，便招呼劳伦找好一处隐蔽的地方，让他在外面放风，有情况随时打手势。

象巴特跨过院子的围栏，来到靠近窗户的一侧，探头向屋内看。

只见史巴达一个人坐在一张桌子旁，桌上放了六七瓶酒，已经喝空了几瓶。

从侧面看，史巴达的脸色红红的，眼睛通红，目光

呆滞。

象巴特根据自己的经验判断史巴达已经喝多了。

"你都来了这么久，为什么不陪我喝一杯？"

史巴达对着墙说话，吓得象巴特差点没趴下，他心想：我都隐身了，别人怎么还能看见我呢？

"难道那个老头儿又骗我？"象巴特心里直犯嘀咕。

"每次你都这样，我就是想让你陪我说说话。你都多久没有陪我说话了？今天是什么日子，你知道吗？今天是咱俩的结婚纪念日，我准备了好多你爱吃的，还有你最爱的红酒，你看我都喝了这么多酒……"

只见史巴达一仰头，又喝了一大杯。

象巴特这才听明白，屋里的史巴达是在跟别人说话，他用手轻轻拍了拍胸脯，松了一口气，抬头向屋里看了看。

这时，他才看清史巴达正对着的墙面上挂着一个相框，里面是一张全家福。

象巴特仔细一看，其中一个是史巴达，另一个是个小男孩，还有一个长发披肩的女人。

只听史巴达又说："今天儿子去参加滑板比赛，我给用人都放了假，就是想单独陪你说说话。你知道我有多想念你吗？平时在儿子面前，我都不敢提你，你走了的这几年，我无时无刻不在想念你。为了不辜负你的嘱托，我把咱们家经营得很好，做生意赚了好多钱，就是想让你和儿子过上更好的生活。可是，如今你不在了，我的人生也失去了意义。还好有儿子在，要不是儿子还小，我早去看你了。"说完，他仰头又喝了一大杯。

象巴特听到这里，心头微微一颤，好像有某种东西拨动了他内心柔软的弦。

原来，象巴特也是在很小的时候便失去了母亲，从小都是父亲照顾他的。

没多久，父亲又在一次车祸中失去了生命。从此，

象巴特便无家可归。

没有人去关注一个失去父母的孩子，象巴特整天吃不饱饭，到处流浪。

他在大街上乞讨过，睡过马路，为了不挨饿，他就到面包店、超市偷吃的。

他偷东西的习惯就是从那时开始的。

后来，象巴特被好心人送到一所孤儿院，在那里生活了一段时间。院长阿姨对他很好，但他实在不习惯那里的生活，就又偷偷地跑了出来，在外面一混就是这么多年。

这次，他因盗窃被拘留，放出来没多久，便遇到了流浪的劳伦，他俩便走到了一起。

当象巴特听到史巴达对着相片说着这些暖心的话时，一丝善念，刹那间触动了他的心弦，眼泪在他的眼眶里直打转。

"你知道吗？美妮达，遵从你的心愿，我建了一所孤儿院，收留了很多流浪的孤儿。这也是你一直想做的事，我都替你完成了。还有咱们的宝贝儿子韦斯特，他除了学习，做什么都很出色，他像你一样聪明，什么东西一学就会，今天不知去哪儿疯了，到现在还没回来呢。"

"难道我待的孤儿院是他建的？"象巴特又认真地瞧了瞧，还真有些眼熟，他好像是孤儿院的荣誉墙上挂着的照片上的一个人。

"对，想起来了，他好像是筹建孤儿院的人，就是他。院长也提起过，是一个胖胖的大善人，捐建了这所孤儿院。"

没错，就是他!

（八）

"这个外表看起来像土豪的家伙，没想到还有这样的大善心，这可怎么办？看来今天我要空手而归了。"象巴特心里默默地念叨着。

"什么味道？怎么有一股怪味儿，难道又是我脚的味道？我去洗一下，你最怕我的臭脚了。"

史巴达对着相片说道，顺势把手中的一瓶酒放到了窗台上，去另一个房间洗脚。

象巴特不知道，这怪味是他使用隐形药水而散发出来的，他自己闻不到。

"今天看在你捐建孤儿院的分儿上，暂且放你一马。"

象巴特借机给自己找了一个不偷东西的理由，但他又顺手拿走了窗台上的那瓶酒。

"也算没空手而归。"他自我安慰道。

象巴特向劳伦的方向招呼了一下，示意他赶紧撤。

劳伦以为他得手了，兴高采烈地问象巴特："老大，今天得手了吧，我们能大吃一顿了吧？"

"吃你个头，你小子一天净想着吃，瞧你那点儿出息。"

"难道你没得手？你不是说从没有失手过吗，没有空手而归的时候吗？"

"你还记得我跟你说过我待的孤儿院吗？"

"当然记得，你不是很厌烦那里的生活吗？所以你才从那里逃了出来。"

"我想跟你说的不是这个，我想说的是，那个孤儿院是这个暴发户捐建的。"

"你怎么知道是他捐建的？你跟他很熟吗？"

象巴特用手指头弹了劳伦的脑门一下。

"跟你说正经的事，你怎么这么不上道？"象巴特没好气地说。

"我曾在孤儿院的荣誉墙上看到过他的照片，而且院长阿姨也总跟我们提起这个人，当年我也没太在意。但今天我一看墙上的照片才想起来原来是他。"

"哦，原来是这样，怪不得你没有得手，你是不忍心下手吧？我还想吃大餐呢。"

"就在刚才我偷听了他说的话，感觉他做了一件了不起的大善事，能舍得捐出这么多钱也是很不容易的。而且他让那么多无家可归的孩子都能有一个好的归宿，最起码不像我们在外面四处流浪受苦。"

"就好比你和我不也是受益的人吗？"

"那你为什么不在孤儿院里待着，还偷跑出来？"

"我不是受不了那里的封闭生活吗？太束缚人了。"

"其实你是不愿意每天在那里上课吧？"

象巴特的脸一阵红一阵白，像是被人说中了心事。

"我答应过院长阿姨，我要混出个样子回去看她。"

象巴特意识到，是劳伦有意地引导，才让他无意间说出多年来埋藏在心里的话。

第二章

追风少年

（一）

蹦斯克大街上，不时有各种车辆穿过。

自行车道上有一群骑着自行车的人。

一个垃圾桶旁有一只大黄猫在翻找着吃的东西。

健身场地上，一些人正在摆弄着各种器械，用力地挥舞着。

韦斯特刚参加完滑板比赛，自己带的水都已喝完，看见前面有家超市，便想进去买点喝的。

韦斯特是史巴达的儿子，刚从外地转到这个小镇的中学上学，对小镇还不熟悉。

他非常喜欢运动，踢足球、骑马、攀岩、打篮球、射箭、蹦极，只要有挑战性的、充满刺激的运动，什么

难他玩什么，而且个个都玩成了拿手绝活。

他最拿手的就是滑板。

在小学六年级前，韦斯特学习特别优秀，但后来由于爸爸经商，为了挣钱总是不停地搬家。上中学后，这已是韦斯特一年之内第二次转学了，他现在对学习没有一点儿兴趣，但他内心里还渴望学习，渴望被老师、同学们及身边的其他人认可。

韦斯特推门走进超市，一眼就看到戴着墨镜叼着烟斗的德古拉斜躺在门口的摇椅上，悠闲地听着叫不上名字但非常好听的音乐。

韦斯特被这美妙的音乐和完美的音质深深地吸引，情不自禁地走到德古拉身旁，安静地坐在他旁边的椅子上，因为他也是一名音乐"发烧友"。

韦斯特听得入了迷，如痴如醉。

这首曲子他过去从未听过，听到如此美妙的旋律，这真切地刺激到了他身体里的某种东西。

（二）

德古拉透过墨镜，用欣赏的眼光看着一旁听得入神的韦斯特。

"看来你也是很喜欢音乐的人，能听出这首曲子所表达的含义吗？"

"这首曲子好像妈妈在陪我说话，让我想起了我的妈妈。"韦斯特眼泛泪花地说道。

德古拉脸上露出了久违的笑容，微微点了下头。

"没想到你能说出这首曲子表达的精髓，你是第一个能说出这首曲子含义的人，这倒让我对你刮目相看了。"

"您这儿的音质音效怎么这么好？您能让我看看您

的音响配置吗？这一定是一套配置不错的音响。"

韦斯特抑制不住好奇心，连续向德古拉问道。

"跟我上楼吧！"

德古拉慢慢起身，破天荒地把韦斯特领进了二楼最里边的房间。

"这里是我的音乐室，我是从来不让外人进来的哟。但今天对你小子是个例外，难得你这个年纪能听出来这首曲子的含义，感觉和你很投缘，进来吧。"

一进屋，韦斯特便看到了高大的穹顶，正中央吊着巨大的八角鹿角吊灯。

屋里铺着厚厚的高级地毯，古老的书架上摆满了世界上各个国家各种不同类别的书，有线装的牛皮封面的、镀金封面的等等，还有卷着的各种画卷。

楼角处还有猫头鹰标本，一架古老的钢琴旁还有一个大吊钟，靠近窗户的书桌上还有一架天文望远镜。

他看得目不暇接，突然发现还有几支几世纪前用羽毛做成的笔，这一切太让人不可思议了，怎么感觉仿佛进入了古老的城堡？

他情不自禁地坐在椅子上，随手翻看了几本书，惊得他瞠目结舌。

这些随意堆放的书，每一本都是古籍孤本，在世界各个国家级博物馆里都很难找到，让人很难估量这些书的价值。

正当韦斯特惊奇地环顾四周时，他看到了房间另一侧安装的音响设备，忍不住发出了一声惊叹。

这是他从未见过的音响设备，把顶级的十组功率放大器全叠在一起连接，并配四对超大音响喇叭。而且这种喇叭的尺寸和材质也是他未见过的，每一个喇叭足足有两米高、一米多宽。

光看音响的材质就感觉特别高级，韦斯特用手一摸，喇叭竟然是用上等的千年桐木制作的，漆面是稀有的犀牛角研磨成的粉末，配上天然宝石研磨成的粉末

后，再混合调和成的大漆，喷涂在音响的表面而成的。

这太不可思议了！

对于音乐发烧友骨灰级别的韦斯特来说，这已超越了他对音响配置及制作的认知范畴。

韦斯特自认为在玩音响方面，他是非常舍得投入的一个人，没想到还有比他更疯狂的人。

韦斯特自从母亲去世后，整日以音乐为伴，是音乐让他在童年最低落、最艰难的时候重新站了起来，所以他对音乐有一种独特的情感和超凡的认知。

"今天在这里，您让我对音响重新有了一个认知，您是怎么想到如此配置的呢？"韦斯特向德古拉问道。

"选良材，用意深，五百年，有正音。这套音响材质选用的是上等的千年桐木。木质表面都让虫子给蛀了，虫蛀了并不代表木料坏了，是不能用的材料，恰恰相反，这正是难寻的用于制作音响的绝佳天然材料，每个虫蛀的小洞相当于一个小小的共鸣箱，更有利于音响的发声，再配有顶级制作工艺，这套音响可以说是世上只此一套。"

德古拉缓缓介绍他收藏的这套音响，仿佛在说他的老友一样，彼此间在倾诉着心里话。

（三）

听着德古拉对音响的介绍，韦斯特忍不住走上前又伸手摸了摸音响的材质。

韦斯特顺着大喇叭外口向内看，真的看到了大大小小不规则的虫洞，经过独特的工艺处理，每个虫洞犹如一只绚烂的星眼，整体看起来，仿佛外太空无数双眼睛在静静地看着这一切。

"哦，小伙子，你来超市不是为了听我的音乐吧，你想要些什么？"德古拉面带微笑地问。

韦斯特这时才回过神来。

"我刚刚运动完，感觉嗓子干得难受，痒痒的，我想要些喝的，我太渴了。"

"哦，好的。"

只见德古拉手一伸，一瓶水便出现在他的手中，他顺势递给了韦斯特。

韦斯特接过那瓶水，拧开瓶盖，咕咚咕咚几大口喝完了整瓶水，吧嗒吧嗒嘴说："您这里叫'神秘超市'，那您这里都卖什么呀？"

"我这里之所以叫神秘超市，就是只要你说出自己的愿望，我都会帮助你实现，前提是得按照我要求的方式去做。"

"哦，这听起来感觉太酷了。"韦斯特惊奇地盯着德古拉。

"我的愿望就是考上理想的高中，上一所好大学，靠自己的本事过上我想要的生活。这是我答应过妈妈的，我一定要实现对妈妈许下的承诺。"

韦斯特今天对着德古拉，也不知道为什么，终于说出了多年来藏在心里的话。

"但是我现在的学习成绩不是很理想，也是因为我没有真正投入学习。"韦斯特低着头小声说，"目前这样的生活不是我想要的，只要我真正努力了，我的学习成绩就一定会好的。"

"不知道为什么，看到您就感觉好像看到了我的母亲，让我内心特别宁静，就想和您说说心里话，您愿意听吗？"

"当然，我十分荣幸。"

韦斯特娓娓地向德古拉诉说着自己童年的成长故事。

自从妈妈离开之后，这是他第一次向外人讲述自己的心里话。说完后，他心里终于放下了一直以来沉重的负担，感觉浑身轻松了许多。

"我感觉到了你对母亲深厚的感情。"德古拉用他那富有磁性的嗓音说。

"小伙子，你是一个特别聪明、重感情、懂事的

孩子。"

"你想要实现对母亲的承诺吗？"

"我特别想要实现这个愿望，它是支撑我走下去的唯一动力。"

"好，我会满足你的愿望的。"

"给你，这是一瓶药水和一张纸条，当你在感到特别无助或需要帮助的时候，只要把这瓶药水喷洒在纸条上，上面就会显示文字，告诉你该怎么做。只要按照纸条上面的内容去做，就一定会实现你的愿望。"

"真的吗？那真是太感谢您了！但我还有一个小小的请求，您能答应我吗？"

"说来听听。"

"当我在学习累了的时候，可以到您的店里听听您的音响播放的音乐吗？我不会干扰您工作的。"韦斯特挠着头，有些不好意思地对德古拉说。

"当然可以，我可爱的孩子，只要你愿意来，随时都可以，我十分欢迎。现在很少有人能听懂音乐了，更别说懂音响了，但孩子你是个例外，你要知道我楼上的音乐房间是从不对外人开放的，你是在音乐方面很有天赋的孩子。"

"那……那一言为定。"

"我一定不会辜负妈妈对我的期望，这是咱们两个人之间的秘密，你一定要替我保密啊。"

"你一定会实现自己的愿望的。"

德古拉用他那双大手用力地拍了拍韦斯特的肩膀，好像在给他注入力量。

（四）

自从上次聊天之后，韦斯特更坚定了信心。为了考上理想的学校，实现自己的愿望，他开始专心学习。他使用德古拉给他的药水和纸条，并按照纸条上面的内容认真执行。

自此，韦斯特像换了个人，平时不上课的他开始天天去上课，就连学校的老师和同学们都很难相信他有这么惊人的学习动力。

不到一个学期，韦斯特不仅把以前落下的课程全都补了回来，还超前学了初三的课程，与同学们相处得也特别融洽。

初二期末考试的时候，韦斯特的成绩竟然考到了班

级前十名，这让原本就感到惊奇不已的老师，都对他格外地关注和感兴趣，他们都特别想知道韦斯特是怎么做到的。

"你觉得害怕、做不了的事情，也不见得是多么困难的事情，是你自己觉得做不了，其实只要认真去做，你就一定能做好的。"

这句话成了韦斯特的座右铭。

韦斯特就把这句话跟他的老师说了，同时，他也是这样做的。他的学习每一天都在进步。

之后，韦斯特每周末下午都到德古拉楼上那个单独的音乐房间，听着他喜欢的各类音乐，看着世界各国的孤本书籍。这让他在紧张的学习之余，可以难得地放松一下。

德古拉为了给韦斯特创造更安静的环境，在韦斯特上楼听音乐的这段时间里，他怕有外人打扰，就把店门关闭，不对外营业，安安静静地享受着他们二人独有的共享音乐的美妙时间。

当然，关店的事韦斯特一点儿都不知道，他一直被蒙在鼓里。

每次听完音乐，韦斯特都会与德古拉聊一会儿，讲这一周他在学校的学习情况，讲班里的同学、老师的情况。多是他在讲，德古拉在一旁听。

这段时间，韦斯特的父亲史巴达也明显感觉到了韦斯特的变化：他不再像以前那么排斥学习，反而推掉了很多他过去热衷的体育项目。每天回来很晚的史巴达都会看到韦斯特的房间亮着灯，有时还会断断续续地传过来背书的声音，有时还会听到他因为做对了题而兴奋的喊叫声。

史巴达惊喜地看着儿子韦斯特的变化，内心别提有多高兴了。

更大的变化是他们父子之间的关系渐渐融洽，交流也逐渐多了起来。

韦斯特有时还会关心地问史巴达的近况，告诉他的爸爸，工作不要太累，工作再忙也要多注意锻炼身体，少喝酒，少抽烟。

儿子知道关心自己的健康，这让史巴达高兴得好几天都没睡好觉。

"看来德古拉没有骗我，这一切都要归功于他。"史巴达自言自语地说道。

"抽空我得去看看他，好久没见了，还真挺想念他的。"

第三章

静藏时光的人

（一）

穿过公园，奥拉蒂尼来到一个十字路口，左转继续前行是一条平缓的下坡路，正是通向神秘超市的路。

这里他闭着眼睛都不会走错，因为这是他每天去写生的必经之路。

超市的后面是蔚蓝的海。

那里有清新的空气、阳光、沙滩，各种不同造型的树木，是一个亲近自然的地方，是人们累了可以放松休闲的地方。

这也正是奥拉蒂尼喜欢在这里写生的原因。

奥拉蒂尼每天都要到这里写生。他是一个职业青年画家，去过很多国家。

　　奥拉蒂尼早些年漫游世界，到处写生，看过世上最美的风景，最后选在这个靠海的小镇上落脚。

　　因为只有在这里，他才能享受到这么美的风景和淳朴的民风，他的心才有一种归属感。

　　奥拉蒂尼从不主动跟谁谈话，给人一种很孤单的感觉。

　　他平常总是下午过来写生，累了就用他那修长的手挠一挠头发。

　　奥拉蒂尼的发型独特，鬓角两侧各有一缕天生的白发，头发随意地散着，稍过肩，略带自然卷，再配上他那一副天生混血的脸，整个一时尚艺术青年范儿。

（二）

几年前，奥拉蒂尼辞掉所有的工作，离开他住了三十多年的地方，前往几个国家游历、学习，学到了不同国家的先进绘画技法和绘画理念。

他喜欢四海为家的感觉，不太喜欢长期在一个地方待着。

奥拉蒂尼认为在一个地方待太久，对一个地方太熟悉了，能汲取的养分就越来越少了。

他宁愿去一个陌生的地方，哪怕今天钱包被偷，明天为了找好吃的要跑五条街，他都认为在那种未知的情况下，创作出来的作品才会更有生命力。

奥拉蒂尼在这个小镇租了一个大平层，刚搬来的时候花了一个月时间进行改造、装修。

他的家里没有厨房，没有锅碗瓢盆。奥拉蒂尼不想要那种太烟火气和太生活化的东西，他认为那些东西会束缚他艺术创作的灵感。

暖暖的阳光投射在小镇上。此刻街道上有很多行人，自动洒水车在悠闲地浇灌路边的花草树木。

奥拉蒂尼这天还是按时来到超市后面的休闲场地，坐到一棵古树下，摆好了画具。

正准备选景，他看见场地的另一边有一群玩滑板的少年。

其中一个少年身穿一套红色宽松的休闲服装，戴着头盔，如行云流水般，挑战各种滑板的高难度动作，还不停做着叫不上名字的花式动作。

少年好似被现场围观的氛围感染了，最后来了一个高难度的动作：空中转体 1440 度，成功落地。引得现场一片欢呼声和鼓掌声，吸引了很多在这里休闲的人们

的目光。

这一高难度动作恰巧被奥拉蒂尼捕捉到，一下子定格在他的脑海中，这一画面带给了他巨大的视觉冲击。

奥拉蒂尼赶紧拿起画笔，快速地在画纸上勾勒着。

此时人群中爆发出巨大的欢呼声，小伙伴们纷纷鼓掌，向红衣少年表示祝贺。

原来他们正在进行一场滑板比赛。

从现场看，红衣少年好像获得了冠军，大家正在向他表示祝贺。

奥拉蒂尼无心留意对面的庆祝情况，他正全身心地投入刚才那一高难度动作带给他的创作灵感。

只见他挥舞着画笔，时而大开大合，时而细腻勾描，时而眉头紧蹙……

足足用了两个小时，奥拉蒂尼才完成了这幅作品。

他感觉这是他在这么短的时间里完成的最满意的一幅作品。画完，他才抬起头向对面看去。

对面的比赛已经结束，大家都已散了，场地上仅剩下红衣少年在整理自己的装备。

只见他站在一处高台上，面对大海，目光凝重，口中似乎在诉说着什么，足足待了一刻钟。最后，他面向大海的方向，深深鞠了三个躬。

随后，红衣少年换了一件连帽衫，拿起装备向奥拉蒂尼的方向走来。当他路过奥拉蒂尼身旁时，礼貌地向他打了声招呼。

正当红衣少年要走过去时，无意间看见画板上画着一个玩滑板的少年，正在空中做着优美的动作。

红衣少年不禁停下脚步，仔细看着这幅画，感觉好像画的是自己。

奥拉蒂尼也正看向红衣少年，也明白红衣少年的疑惑。

奥拉蒂尼先点了点头，接着开口说道："非常荣幸遇见你，刚才我正巧在这边写生，看你在对面玩滑板，

我被你刚才做的优美动作深深吸引，它触发了我的创作灵感，我便随手把这个场景画了出来，画得不好，还请你多指教。"

红衣少年一听画的就是自己，便忍不住走上前认真细致地看了起来。

"您画得太棒了，这是我见过最好的画，我认为相机也抓拍不到您画的这样的画面，简单几笔便勾画出了空中曼妙的姿态。"

"我叫奥拉蒂尼，一名职业画师。"

"我叫韦斯特，是一名中学生。"

（三）

没错，红衣少年正是韦斯特。他当天参加当地一个滑板俱乐部组织的比赛，他抱着与大家交流学习的心态，没想到竟然得了第一名。

"非常抱歉，在没得到你允许的情况下，便让你入了画，请多多原谅。"奥拉蒂尼解释道。

"没关系的，您画得太好了，能让我入您的画作，十分荣幸。"韦斯特爽朗地笑着说。

奥拉蒂尼一看韦斯特这么可爱，内心也是十分欢喜。

两个人越聊越投机，越聊越高兴，有一种相见恨晚的感觉，不一会儿便称兄道弟了。

"哦，对了，刚才我看见你好像朝大海鞠躬。"

"哦，那是我给远方的妈妈鞠躬，等我有机会再和您聊。"

奥拉蒂尼很久没有与他人这么敞开心扉地聊天了。

他每到一个地方，唯一关注的就是画画，很少与人交流，更别提交朋友了。韦斯特的天真爽朗深深地感染了他。

"你的滑板怎么玩得这么好，是怎么练的？你跟谁学的，有空可以教教我吗？我也想学滑板。"

其实，奥拉蒂尼整日除了画画，没有其他的爱好，也从来没有接触过体育运动。今天看到韦斯特展示出来的高难度动作，勾起了他内心深处玩滑板的冲动和兴趣。

"当然，没问题，只要您想学。"韦斯特说。

"我从五岁就开始玩滑板，没有谁特意教我，都是我在电视上看顶级比赛学的，然后自己一点点练习。只要您不怕摔，一定能学得很好。"

"那太好了。"

"今天就先聊到这里吧，我现在非常渴，想去超市买瓶水，改日咱们再聊吧。"

"好，那别忘了我们的约定哦。这幅画等我装裱好了，就送给你留个纪念。"奥拉蒂尼说道。

"那太谢谢您了，下周我们再见。"说完，韦斯特便向后面的超市走去。

"'韦斯特'这个名字怎么这么耳熟呢？"

"哦，对了，我想起来了。"

"刚才的那个冠军男生，好像是刚转到咱们学校上学的。"刚刚离去的几个女同学议论着。

"你这么一说，我好像也想起来了，上周学校运动会的百米冠军是不是也叫'韦斯特'？"

"我好像在广播中听过这个名字，他好像打破了学校近四十年的百米纪录。"

"没错，是他。"

"好，等下次有机会，咱们好好会会他。"

韦斯特不知道，他已经被一群被称为"校园整蛊专家"的人惦记上了。期待他的好运！

（四）

韦斯特离开后，奥拉蒂尼也收拾画和画具向家的方向走去。

奥拉蒂尼的家位于一个美丽整齐的住宅区里。这里是清一色的高级住宅，附近有一个园林景观公园，树木长得十分繁茂，造型都很独特，每一处景观都可以入画。这也是奥拉蒂尼选在此处租住的原因。

除了处处皆美景，奥拉蒂尼选在此处租住还有一个更重要的原因，就是入住这里的人家非富即贵。

正因为这里住的都是有钱人，奥拉蒂尼的画作才能卖出更好的价钱。

选择在此租住，其实归功于超市老板——德古拉。

没错，就是他。

奥拉蒂尼刚来到这个小镇时，生活很拮据。

一日，迫于生活，他来到神秘超市，结识了德古拉。

奥拉蒂尼告诉德古拉，他是一名职业画家，四处游历，刚到这里不久，身上的钱就被两个小偷偷光了。他可以为店老板德古拉免费画一幅肖像画，权当抵了在店里的消费。

德古拉欣然同意了奥拉蒂尼的提议。

于是奥拉蒂尼便给德古拉画了一幅头戴毡帽、嘴里叼着烟斗的肖像画。

德古拉对这幅画非常满意。他完全没想到，会有人能把他身上充满神秘气息的慵懒而又不失精明的神态，通过简单的几笔便勾画出来，这令他惊奇不已。

凭借着这幅肖像画，两个人便成了好朋友。

奥拉蒂尼曾让德古拉帮忙卖画，他的画当时卖得很不好，便求助德古拉能否帮他多卖一些画，这样有了生

活来源，他才能创作出更好的作品。

德古拉便给了奥拉蒂尼一张纸条和一瓶药水。告诉他，只要在他需要帮助的时候，用这瓶药水喷在纸条上，纸条上就会显示文字，到时候按照纸条上面的内容去做，他就会成功，实现他的愿望。

奥拉蒂尼就是按照纸条上面的指点，在这个高档住宅区租了一个大平层带花园的院子。

每天上午，奥拉蒂尼就在这个花园里写生。

刚开始时，奥拉蒂尼画的是院子里邻居的一座别墅。

因为奥拉蒂尼发现，邻居——也就是这座别墅的主人，每天早上都在楼上的阳台上锻炼身体。

这个邻居很快也发现了刚搬来的奥拉蒂尼是一名画家。

邻居对奥拉蒂尼很感兴趣。有一天，他下楼来看奥拉蒂尼画画。

奥拉蒂尼也早料到邻居会过来的，他每天在此写生也是希望吸引邻居的注意。

邻居看奥拉蒂尼画的是以自家的房子为素材的一幅画，正好是黄昏时的场景，画得非常好。他就向奥拉蒂尼提出要买这幅画。

奥拉蒂尼对邻居大方地说："如果您喜欢这幅画，我就把它送给您，我画室里还有很多作品，这幅画就当作礼物送给您了。"

正如奥拉蒂尼所料，见他这么慷慨，邻居很高兴。

随后不久，这位邻居买了奥拉蒂尼的很多画。

很快，小区里的富人们便知道奥拉蒂尼的画可以私人定制，都纷纷找他约画。

从此，奥拉蒂尼的画再也不愁卖了，他也不用愁没钱生活了。

奥拉蒂尼最大的愿望是把他见过的最美的风景、最能打动人的场景，通过他的画笔，静藏在他的画作中。

奥拉蒂尼要把最美的风景留给世人，他想成为世界上那个静藏时光的人……

第四章

乞丐费格南

（一）

天渐渐黑了下来。

费格南走得精疲力竭，双脚起了水泡，疼得他每走一步便发出闷哼的声音。

现在费格南的肚子空空的。

他疲乏至极，不知道自己从哪里来，要到哪里去，这段时间只是一直漫无目的地走着。

费格南对自己过去是做什么的都记不起来了，但从自己的衣服上可以看出，虽然衣衫褴褛，又脏又破，可是样式和材料质地都还不错，这一点是耐人寻味的。他不知道身上穿的衣服原本就是他自己的，还是在别处捡来的。

　　费格南的眼神深沉而忧郁，显然是遭遇了什么不幸。

　　这天傍晚，费格南步履蹒跚地来到了蹦斯克大街上，手里紧紧攥着一根拐棍。

　　他的确已经饿得不行了，腹内空空，口干舌燥。

　　他故意把步子迈得大一些，为的是可以少迈几步，以减轻脚上的疼痛。

　　费格南抬头看了看，前面不远处好像有一家超市。

　　"等到了那里，可以向店老板讨要些吃的，我已经好几天没有吃东西了。"

　　费格南咬咬牙，艰难地向超市方向走去。

　　来到超市门前，费格南靠在大树上歇了一会儿，他充满饥渴的目光盯着门口上面挂着的不显眼的牌子——神秘超市。

　　此时他顾不得那么多了，推门走了进去。

　　费格南一进门便听到了舒缓的音乐，看到门口的摇

椅上躺着个人。

这个人戴着墨镜，嘴里叼着一个烟斗，头上扣着一顶残了边的毡帽。

"您好，尊贵的老板，能给我一些吃的吗？我好些天没有吃到东西了，实在饿得不行了。"

德古拉没有起身。

他仿佛事先知道，这个时间这个人就该出现在他的店里，他慢悠悠地说道："你想吃点儿什么？"

"什么都可以，只要是能填饱肚子的东西就行。"

德古拉起身来到费格南身旁，也没见他怎么动手，便端出了一盘子吃的东西，还有一瓶水。

费格南接过德古拉手里的东西，连声说："谢谢您，尊贵的店老板。"

即使费格南现在已经饿得不行了，但动作、语言还不失礼节，这让德古拉不禁对他留意了起来。

费格南想端到一旁去吃，但由于双脚疼痛，走起路来一瘸一拐。

"你的脚受伤了吗？"德古拉问道。

"嗯，磨了几个水泡，不碍事的。"

"给，你先把这个药水喷在脚上，防止感染。"

费格南接过药水，随即在脚上喷了几下。

刚喷完没几秒，费格南的脚就感觉不到疼了。

"这药水的效果也太神奇了！"费格南惊奇地说。

随后，费格南便狼吞虎咽地吃了起来。

他实在太饿了，也顾不得什么绅士风度了。

"慢点儿吃，别噎着，不够还有呢。"德古拉缓缓
地说。

"您真是太好了，谢谢您。"

费格南一边吃一边说着话，吐字也不太清楚。

不一会儿，费格南吃了整整两盘子食物，喝了两大
瓶水，才停了下来。

"再一次衷心感谢您，好心的店老板。"

费格南站起来走了两步，感觉脚确实一点也不疼了，而且体力也恢复了。

费格南抬起脚一看，脚底的水泡不知什么时候已经好了，还长出了新的皮肤。

费格南惊叹这个药水的神奇。

此时他闻到了一股似乎很熟悉的烟草味，没错，是德古拉一直抽着的烟。

"您的香烟味道真不赖，我好像以前也抽过，怎么感觉这么熟悉呢？但是我什么都不记得了……"

费格南似乎努力地想回忆起什么，但最终还是无奈地摇了摇头。

德古拉已经看出来费格南是一个有特殊故事的人，但他没有多问。

因为德古拉看出来眼前这个人对以前发生的事似乎都不记得了，在他身上应该发生了些什么的。

德古拉从来不主动去询问别人的过去。

费格南实在想不起来，便也放弃了，跟店老板道别后，便满足地走了出来。

（二）

在随后的几天里，费格南在超市后面的休闲广场找到了一个落脚点。

那里有一处给游客搭建的小凉亭，刚好能容费格南一个人在里面休息。

白天来休闲广场的人比较多。还好小镇的居民都很纯朴善良。人们发现这里有个流浪的乞丐，有人会时不时把一些吃的喝的放在小凉亭的边上，有人还会送来一两件衣服。

费格南也不再四处沿街乞讨，闲下来的时候，他也会尝试去回忆自己之前发生的事，但都没有成功。

周末休息的时候，韦斯特就会领着一帮玩滑板的小

朋友来休闲广场玩。

费格南也成了他们忠实的粉丝。

看他们做着各种各样的高难度滑板动作，费格南时常会忍不住为他们鼓掌喝彩。

大伙儿玩累了的时候，就在费格南暂居的小凉亭旁边休息。

大家讨论着滑板动作的技巧和要领，总有谈不完的话。

这时，费格南也会被吸引过来，坐在他们跟前，给他们递水、拿毛巾，帮着擦滑板，满怀欣喜地看他们说着、笑着……

费格南很自然地融入了他们，好像他们就是一个团队。渐渐地，没人把费格南当成局外人，好像他本就该是这帮孩子的领队似的。

每当大伙儿散去的时候，韦斯特总是最后一个走。

韦斯特每次都要把周边的垃圾收拾好，清理干净。

他不想影响费格南的居住环境。

韦斯特每次都会带一些好吃的给费格南，让他每周都能吃一顿大餐。

这些暖心的举动被费格南看在眼里。

费格南也对这个暖心的大男孩产生了一种莫名的好感。

费格南的身体渐渐地恢复了。

有一次，韦斯特在练习一个高难度动作时，怎么做都不得要领，反复做这个动作不下十几遍，都没有成功。

正当韦斯特感到没有头绪、特别沮丧时，费格南来到韦斯特的身旁，拍拍他的肩膀说："你在做起跳动作时，应该把重心放在后面的右腿上，腰部力量要更足一些，这样你起跳旋转后滞留空中的时间才能更长一些，动作就能做到位了。"

看似不经意的指点，让韦斯特茅塞顿开。

韦斯特来不及细想费格南为什么能说出困扰他许久的问题，并给出解决方案，便迫不及待地拿起滑板开始尝试做这个动作。

只见韦斯特深吸一口气，回想着费格南说的动作要领，一只脚踩在滑板上，另一只脚快速地在后面用力来回蹬着地。只见速度越来越快，他将重心调整到后面的右腿上，腰部绷得紧紧的，向前面快速地滑去。

"注意重心，起跳。"只听费格南一声令下，韦斯特快速地用力起跳。

空中 720 度旋转，外加一个 360 度侧翻，一气呵成，韦斯特成功落地。

"太棒了，我成功了，成功了！"

韦斯特抑制不住心中的兴奋，他快速地冲到费格南身旁，紧紧地抱住了他。

"您指导得太精准了，我终于做到了，多亏了您的指导。谢谢您！"

此时，费格南也高兴得合不拢嘴。

"小伙子，你很棒，可以凭借这个动作去参加任何滑板大赛，一定可以拿到大奖的。"

"真的吗？正好我想要参加一场大型花式滑板比赛，原来还没打算报名参加。现在，经您这么一说，坚定了我去参加比赛的决心。"

（三）

　　"大叔，有几个问题我想冒昧地问一下，您会玩滑板吗？您是怎么看出我的问题所在的？您是从哪里来的？您为什么会一个人在这里生活？"

　　一连串的问题，问得费格南直挠头。

　　"我也不知道自己从哪里来的。看你练得太辛苦，大脑里自然就蹦出来了，所以就忍不住指点了你一下，还好对你有帮助。"

　　"以前的事儿我也不记得了，好像以前我也玩过滑板，不单单自己玩，好像还教人玩哪，身边好像也有一群像你这样大的孩子，我好像是他们的领队？不是，也好像是他们的教练……"

"哦，我真的记不起来了。回忆太痛苦了。"

"那就先不要想了。总之，我要谢谢您，就凭这点，您就可以做我的教练了。您愿意吗？"

"我能胜任吗？我连我来自哪里都不知道，好像大家都叫我费格南。"

"费格南，对，就叫费格南。"

他好像想起了什么，随即又无奈地摇了摇头。

"只能开心一天算一天了，我倒是一个乐天派！"费格南自嘲地说道。

"不着急的，您只要愿意回忆，总有一天会想起来的。"

每到周末，这些玩滑板的小伙伴如约而至，来到广场的小凉亭旁边，参加滑板训练。

通过韦斯特的推荐，费格南也正式成为这群孩子中的一员。

费格南有时会指导大家做高难度动作的技术要领。

凡是经过他指导的孩子，都进步神速。

大家也都对费格南另眼相看，渐渐地对他产生了一种信服和依赖。

费格南也渐渐融入这群孩子中间。

在孩子们的快乐陪伴下，费格南的记忆零零散散地恢复了一些，好像自己曾开着越野车时发生了车祸，目前他仅仅能记起这些。

费格南感觉自己曾经好像是一名教练，专门培训类似滑板的体育运动。

"老伙计，你可有时间没来了，今天怎么有空到我店里来？是不是还惦记着我这里好吃好喝的呢？"

德古拉用他的烟斗顶了顶头上残了边的毡帽，一边吐着烟，一边透过墨镜看着费格南。

"哦！我尊贵的店老板，我还没来得及感谢您呢。上次您给我的药特别神奇，我的脚伤很快就好了，这次我是专程来感谢您的。"

"看来你最近过得不错。"德古拉说道。

"托您的福，我现在身体好多了。多亏您当时救助了我这个无家可归、四处流浪的人。"

德古拉一抬手端来了一盘食物，递给费格南。之后，德古拉在粗布围裙的小兜里，顺手拿出了一个烟斗，装好了烟丝，递给费格南。

"来一口吧，伙计，是你喜欢的烟草味道。"

费格南接过烟斗，两只手下意识地翻着自己的衣兜，好像在翻找打火机。

看来，以前费格南也是玩这种烟斗的行家。

怪不得第一次见面，费格南就说德古拉屋里的烟草味道是他熟悉的！

德古拉像变魔术似的，手里出现了一个带有特殊 S 形标志的仿古外壳打火机，顺势递给了费格南。

费格南接过打火机，看了下独特的打火机外壳，说不上什么材质，拿在手里沉甸甸的，特别有质感。

费格南随即点燃了烟，若有所思地抽了起来。

"这个味道，是你喜欢的吧？"德古拉问道。

此时，费格南闻到了一股久违的熟悉的烟草味，不觉地猛吸了几口："对，就是这个味道！"

"谢谢您，尊贵的店老板！"

"以后就叫我德古拉吧，难得你的嗜好同我一样。"

两个趣味相投的人，默默地吸着烟，仿佛空间里只有烟的存在。

房间里正播放着悠扬的古典音乐，听着这样的曲子，让人想舒服地靠在沙发上，什么也不用去想，就想静静地享受当下。

"这个音乐有助于你恢复记忆。没事的时候，可以常来我这儿听听曲子，顺便陪我抽会儿烟。"

德古拉慢悠悠地说道。

"听着这样的音乐，真的就好像有一双无形的手在替我疗伤一样，特别舒服。"

一会儿，费格南收拾了桌上的盘子，将其送到厨房，并感谢了德古拉的款待。

"你今后有什么打算吗？还是准备一直在这儿过着漂泊的生活？有需要我帮助的，尽管开口。"

"我也不知道，顺其自然吧！"

"我这里可以满足你的一些小愿望，只要你信任我，我可以帮助你找回记忆。"

"真的吗？太好了！"

德古拉便给了费格南一张纸条和一瓶药水，告诉他，只要在他需要帮助的时候，用这瓶药水喷在纸条上，纸条上就会显示文字，到时候按照纸条上面的内容去做，他就会找回自己的记忆。

自此，德古拉和费格南这两个毫无交集、有着各自故事的老男人，便时常在店里一起抽着美味的烟，听着悠扬的音乐……

通过每周的音乐疗法，费格南渐渐地恢复了部分记

忆，特别是他擅长的体育运动。

每周末，费格南在指导孩子们进行滑板训练时也格外卖力。

费格南和孩子们相处得越来越融洽，孩子们对他也充满了信任和尊重，没有因为他是一名流浪汉而看不起他。

费格南的专业指导赢得了孩子们的尊重，孩子们有什么心里话都愿意跟他倾诉。

费格南通过对孩子们的技术动作指导，也在一点一点地唤醒着自己的记忆。

他也越来越喜欢和这群孩子在一起，这让他重拾了以往的快乐！

第五章

在人间

（一）

一场暴雨刚过，整个小镇被雨水冲刷了一遍。

挂满灰尘的楼房、街道、树木、街灯，还有街道旁的垃圾桶，都被这场大雨冲刷得焕然一新。

温暖的阳光照射下来，蹦斯克大街上，开始有三三两两的行人。

街道两边的店铺开始营业了，大家各自打扫着门前的卫生。

处在街道交会处的神秘超市已经好久没有开门营业了。

"可真不习惯，现在听不到那般好音质的音乐了，不知道德古拉最近去了哪里？"

在此清扫街道的两个清洁工人，低声说着话。

"以前觉得在这附近工作真是一件特美妙的事，因为这家超市的老板整天都播放着美妙的音乐，在这里干活一点儿都感觉不到累，轻松得让人想翩翩起舞。"

"是啊，这店老板不知道干什么去了，超市好长时间都没营业了，我们都没处去喝热水了。"

原来，德古拉心肠特别好，每天都会在店门前放一壶热水和几个杯子，为这些清洁工人提供方便。

有两个年轻人正向神秘超市走来，其中一个右嘴角上有道疤，另一个是细高个儿，他俩一边走一边谈论着什么。

"老大，看你现在工作劲头儿挺足啊，这个月奖金肯定又没少拿吧？"

"我拿多少奖金都不够你吃几顿饭的，还整天惦记我的奖金。"说话的是象巴特和劳伦两个人。

没错，正是他俩。

象巴特现在是一家公司的仓库管理者，手下管理着上百号人。

当初，象巴特由于年少无知、无人管束，导致他走了很多的弯路。

幸亏后来遇到了德古拉，这才让这个无家可归的失足青年获得了重生。

经过几次交手，象巴特和劳伦在德古拉的引导教育下，重拾对生活的信心，有了奋斗目标，走向了阳光之路。

象巴特还去了原来的孤儿院，看望了对他最好的院长。

院长已经老了。象巴特的来访让她很欣喜，同时也流露出几分好奇。

院长没有想到，当年那个连课都不好好上的象巴特，如今竟然已成长为企业的高管。

现在象巴特和劳伦都有了安稳的工作，再也不用靠

偷东西生活了。

他俩还是在史巴达的帮助下，才得以顺利进入公司工作的。

原来他们所在的公司是史巴达创办的一家贸易公司。

有一天，史巴达遇到了乞丐费格南，正巧看见两个年轻人在帮助这个落魄的乞丐弄吃的。

史巴达被这两个年轻人的善举深深地触动了，于是上前与他们攀谈起来。经过一番了解，他得知这两人整天到处流浪，居无定所，没有固定工作，便动了恻隐之心。

正巧史巴达的公司也缺人手，便把象巴特和劳伦招进了贸易公司。

起初，史巴达想先考验一下象巴特和劳伦能不能吃苦，便让他们从最基层干起。

象巴特内心一直就想有一份正经的工作，但苦于没有学历，也没有什么过人的本领，更没有合适的人推荐好工作。

如今，象巴特很珍惜史巴达给的这次工作机会。

刚进入公司时，象巴特什么也不懂，他就虚心地向人请教，兢兢业业做事。

以前库房由于没有管理好，到处随意摆放各类货品，非常脏乱。

象巴特经过一段时间的工作和观察，把管理不到位的问题都一一细化，经过几个月时间的整理，他把库房打理得井井有条。

史巴达经过半年多的观察，认为象巴特虽然书读得不多，但人特别聪明，什么东西一学就会，还有超强的组织管理能力。

贸易公司有一百多人，在短短的半年时间内，象巴特跟大家相处得特别融洽。只要他号召干什么事，大家都凝心聚力，全力以赴，从不拖泥带水。

　　大家都夸象巴特为人仗义，无论谁有什么困难，只要找到他，他都尽力帮助解决。

　　象巴特做事还特别认真细心、有责任心，史巴达便破格提拔他作为库房的管理者。

（二）

"这么长时间没见他，还真有些想念他了。"象巴特说道。

"这次见德古拉，你给他带了什么礼物？"劳伦问。

"到时候你就知道了，暂时保密。"象巴特故作神秘地说。

说着，两人来到了超市的门口。

只见超市的大门紧紧地关闭着，外面挂着一把古铜色的大锁。

劳伦隔着窗户向里面看了看，屋子里面的灯都关着，物品还在。

"超市怎么没有人？德古拉不在，他去哪里了？"劳伦一连串地发问。

这时，旁边的两个清洁工人走过来说："你们也是来超市找德古拉的吧？他好久都没在了。你们找他有什么事吗？"

"他有多久没在了？"象巴特问。

"大概有两周时间了。"其中一个人说。

"走了这么长时间？他从来都没有跟我们提起过要外出远行啊！"

"他的超市以前从没有关过这么长时间，最多也就是半天。"另一个清洁工人说。

"是不是德古拉家里有什么紧急事情，需要他回去处理？也有可能他去外地进货了。"劳伦自言自语地分析着。

"我们在这里工作这么久了，还真没有留意过德古拉是怎么进货的。在我的印象中，就没有看见他进过货。"

"希望他不会有事！"象巴特自我安慰道。

他们正说着，就看见史巴达也走了过来。

"老板，您怎么也来了，是来找德古拉的吗？"劳伦问道。

"哦，是你们俩。今天周末休息，怎么没出去玩，到这儿来干什么呀？"史巴达问道。

"我们俩是来看望德古拉先生的，但他不在。他们说这里已经两周没有人了。"象巴特回答说。

"我也是来看望德古拉的，顺便给他带了些上等烟丝。这老伙计去哪儿了？怎么招呼都不打就走了。"史巴达说道。

（三）

奥拉蒂尼和韦斯特上周末约定，今天练完滑板后，一起去德古拉那里。

他们选了一张非常好听的古典音乐唱片，准备去德古拉店里，用他的超级音响试听一下。

现在奥拉蒂尼在韦斯特的指导下，滑板技术有了很大的进步。

其间，奥拉蒂尼也经历了各种摔打，摔得腿也青了，手也肿了，但这都没有阻挡他学习滑板的热情，反而激发了他的斗志，让他越战越勇。

经过一段时间的练习，奥拉蒂尼已经可以独自尝试完成一些空中动作了。

这让他很是欣慰，他没有白受这些苦。

奥拉蒂尼还特意请人为德古拉定制了一款限量版烟斗，准备给德古拉一个大大的惊喜，因为德古拉最喜欢收藏烟斗了。

韦斯特这学期学习成绩又进步了不少，已经排进了全校前五名。

不出意外的话，韦斯特将被学校保送到最好的高中，将来考入一所名牌大学应该没有问题。

这些都是德古拉的功劳，是他让这个迷茫中厌倦学习的孩子重拾信心，不断努力拼搏。

当奥拉蒂尼和韦斯特走到超市门口的大树下时，看见大家都在这里。

一打听才知道，德古拉关店两周了，没人知道他去了哪里，也不知道发生了什么。

大家都很焦急地等待着，打听着关于德古拉的种种消息。

（四）

雨后温暖的阳光穿过门前高大的树木，洒到这个古老神秘的超市的塔楼里。

阳光洒在高大的落地大玻璃窗上，显得格外耀眼，给人一种非常特殊而有力量的画面感。

草坪上的青草沾着雨水，草下面的泥土都是湿润的，踩上去软软的。

两只花猫趴在门口的木箱上，眯着眼，喉咙里还不时发出呼噜声。

门口的大树仿佛一夜间又粗壮了不少，叶片更加油亮了。

大家三三两两地围站在门口处的两棵大树底下，回忆着关于德古拉的点点滴滴。

这时，在休闲广场凉亭里居住的费格南也来到了大家面前。

"大家好！你们都是来看望德古拉的吧？大家不要太过惊奇，德古拉在离开这里之前，去过我那里。他交给了我一张纸条和一瓶药水。他交代我，如果有一天大家来找他，就让我把这张纸条拿出来，喷上药水，到时大家就能知道答案了。"

"那他到底说没说什么时候回来呀？"劳伦忍不住问道。

"今天到场的各位，都与德古拉先生有着各自不同的交集。有的人因为他的影响，改变了自己的人生；有的人因为他的影响，从此走上了光明之路；有的人因为他的影响，学习有了目标和动力；有的人因为他的影响，与他成了莫逆之交……

"他没有说什么时候回来，也没说是否回来。未

来的生活是什么样的，今天的各位也一定不知道。明天的您可能已经不是今天的您，但那又有什么关系呢？今天、明天都是充满阳光和希望的一天。"

"谢谢。我觉得不需要德古拉的纸条了。"韦斯特说道。

"现在我才知道，守住初心才是我们追求的人生目标。"

大家都感受到了德古拉的用意，眼睛里都闪着泪光。

这时，在这幢古老的尖尖的塔楼上，传来了美妙的音乐声……

作家
寄语

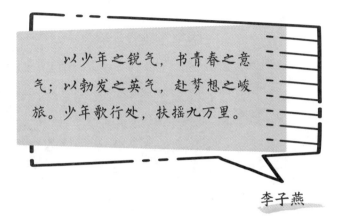

以少年之锐气，书青春之意气；以勃发之英气，赴梦想之峻旅。少年歌行处，扶摇九万里。

李子燕

中国作家协会会员，吉林省残疾人作家协会主席，鲁迅文学院第二届网络作家班学员。现居长春。出版长篇小说《左手爱》《鼓榆情韵》《七色堇》。其中，长篇小说《鼓榆情韵》入选中国作协 2016 年定点深入生活扶持项目，长篇小说《七色堇》入选中国作协 2022 年度重点网络作品扶持项目。

神秘超市

这是一本很不错的小说，构思巧妙，语言生动，为读者呈现了一个极其丰富多彩的精神世界！鸟贵有翼，人贵有志。未来的你定会用汗水浇灌出属于你自己的希望之田！理想的琴，须拨动奋斗的弦，才能奏出人生美妙动听的乐章。加油！小作家！

高东芹

江苏省作家协会会员，中国散文学会会员。《中国校园文学》签约作家，《教师博览》签约作家。滨海县湖海艺文社社务指导、校"雨荷"文学社创始人、校刊总编。

　　我惊讶的点不仅在于作者以如此小的年龄驾驭了那么长的篇幅，更在于他以寓言故事的形式对成人世界的反思性观照。我觉得这绝不只是一个给孩子看的故事，更是一部给成人看的省思录。

啊呜

　　诗人、评论家。江苏海门人。主要作品有诗集《反复播放的夏天》《万物清癯》，评论集《黄亚洲百诗精选三人评》（合著）等。

　　祝贺孙诗洋同学新书《神秘超市》出版！该作品立意深远，可读性强，紧扣时代脉搏，这充分体现了新时代少年的思维广度和思维深度。就像小说最后强调的主题一样，我希望孙诗洋同学能够继续坚守文学初心，笃定前行。我们期待诗洋在文学的海洋里乘风破浪！

王小东

　　吉林省作家协会会员，东北创作基地主任。曾在《小说选刊》《青年文摘》《天池小小说》《山西文学》《青岛文学》《海燕》等杂志发表作品。

《神秘超市》可以让我们相信来自文学的灵光，在简练、生动、富有节奏的词语和句子中，审视语言的魅力。作为六年级学生的孙诗洋，不仅以自己的写作实践让我们看到这种可能，更让我们相信小说创作所拥有的无限可能。一个小镇、数个人物，现实的空间有些局促，但作者能小心翼翼地探索和叙述，对细节的掌控让人信服，表现得果敢而毫不逊色，因此也构建了无限广阔的空间，让故事拥有极强的可读性。相信并真诚祝愿孙诗洋越写越好。

叶祥元

武威市凉州区作家协会主席。《中国校园文学》首届签约作家。现居住于甘肃省武威市凉州区。作品《凉州曲：踏清秋云》曾获"孙犁散文奖"。

这本书想象奇妙，又温暖人心。愿你保持这份热爱，将文字化作双翼，在属于自己的世界里振翅翱翔。

田婷

《中国校园文学》首届签约作家，现居西安。作品散见于报纸杂志。

"洋"光少年，向阳而生，向阳而长，未来可期。愿你携裹诗意，奔向星辰大海。

温洁

中国作家协会会员，鲁迅文学院陕西中青年作家高研班学员。《中国校园文学》首届签约作家。现居陕西安康。作品散见于《散文选刊》《延河》《中国文化报》《青海湖》等。著有散文集《清水文字》《汉水瑶》《花势》。

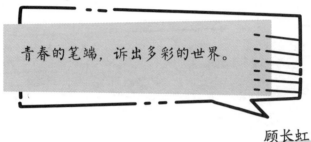

青春的笔端，诉出多彩的世界。

顾长虹

中国少数民族作家学会会员、内蒙古诗词学会会员、内蒙古作家协会会员。鲁迅文学院 34 期少数民族作家班学员、内蒙古大学第 9 期文研班学员。《中国校园文学》首届签约作家。2015 年至今已在《民族文学》《中国校园文学》《中国妇女报》《中国劳动者保障报》《草原》《安徽文学》《海燕》《芒种》《小说月刊》《天池小小说》《知音》等杂志、报纸发表作品二十多万字。

好一个逐梦少年！梦想是嫩芽，你会让她开花、结果。

宗晶

中国作家协会会员，中国诗歌学会会员。大连市某中学教师。

小说，在你和我与不可能之间架起桥梁，或者像蜘蛛网粘连着生活的四角。

许超

《中国校园文学》首届签约作家，第四届"三毛散文奖"获得者。现居南京市。

孙诗洋同学：写作可以带你去看未见的世界，可以带你领略万千风景，愿写作伴你成长。

周丹

毕业于吉林大学汉语言文学专业，从事图书出版工作近二十年。现为北方妇女儿童出版社儿童文学编辑部主任。出版过多种图书，获得各类奖项二十余次，所编辑图书多次获得各类项目扶持资金。

欲望城市的背后是自由者的反叛，还是人性战胜私欲的光辉征程？诗洋笔尖流淌的摆渡灵魂的文字，足以引领彷徨者走出困境。

王东晓

本名王夏阳，河南省通许县人。现为河南省作家协会会员、河南省散文诗学会理事、开封市散文诗学会秘书长。诗作散见《诗刊》《星星》《上海诗人》《散文诗》《诗潮》《嘉应文学》《中国校园文学》《大河报》等报刊。

热爱是最好的老师，文字是最好的朋友。祝孙诗洋同学有更多更优秀的作品问世。

林依

吉林广播电视台教育广播《我们爱作文》栏目主持人。

雏鹰展翅，定有高远的天空。

孙成文

民盟辽宁省委文化委员会委员。中国散文学会会员，辽宁省作家协会会员，辽宁省散文学会理事，东港市作家协会副主席，校园文学季报《映山红》主编。辽宁省作家协会定点深入生活项目签约作家，《中国校园文学》首届签约作家。

天马行空，笔下生花。愿你手中的笔在更广阔的原野驰骋，愿你抒写更美好的传奇。

黄健

笔名阿健，现居四川什邡。四川省作家协会会员。《中国校园文学》首届签约作家。作品散见于《散文选刊·选刊版》《四川文学》《青年作家》《特别关注》《星星·散文诗》《散文诗》等。著有散文集《闪亮的日子》《水木时光》。